夜を叩く人

斎藤恵子

思潮社

夜を叩く人

斎藤恵子

思潮社

もくじ

装画＝松本冬美　協力＝二月空

夜を叩く人

天空の石

木は明るさに向かって伸び
石は記憶に遡り色を濃くする

きれぎれの風音がする
かすれた声が聴こえる
開けられない扉の中には
がらんどうの赤らんだ壁にそって
吐息が流れている

はじめから知らないものを見ても
むかし見たことがあって

忘れてしまっていたのではないかと思うのは
忘れないでといいながら
まっくらな狭い洞穴の中
石を負い伝い歩きしたひとたちが
気配となっているからだ

ゆるやかに石は古び
山はやわらかく広がる
わたしは生きている
生きているものと
生きたものとがひっそりと
ひかりの中をすれ違う
わたしの向こうで
そそがれている眼差しは
石を天空のものとして
空を明るませる

泣いたあと

夜中に目が覚めました
泣いたあとのような気がしました
部屋の中に何人かひとがいるようです
ひとりで眠っていたはずなのに
夜中に来たひとかもしれません
窓の外を見たら未明の暗さでした
みな眠っています
死びとのようなかおのひともいました
わたしは足音を立てないように歩きました

ろうそくをください
ちいさな声がします
かおは見えないのですが　しらない子どものようでした
　ろうそくがいるのです
引き出しから出して渡しました
子どもはマッチを擦り火を点けました
少しも明るくなりません
　どうしたのかしら
　マッチを貸してちょうだい
わたしが火を点けました
一しゅん明るくなったような気がしましたが
やはり暗いままです
子どもはろうそくを黙って見つめています

夜の中に夜があり
目を覚ましているのはわたしと子どもだけかもしれません

子どもがわたしの方を向きつぶやきました
　あなたも眠っているんですよ
　だから暗くて見えないんですよ
　こんなに明るいのに
一しゅんあかあかとした灯が見えた気がしましたが
やはり暗く泣いたあとのような気がしました

窓辺から
遠い鐘の音が聴こえてきます
　ここにいるのです
わたしはだれかに会いたいような気がして
ちいさな声をだしていました

すみれ色の町

バスを降りる
古い団地の前の道には埃をあびた
短い白っぽい草がひよひよ生えていた
道を渡ると黒ずんだ砂色のモルタル塗りの
低層のアパートが迷路を作るように群立し
真ん中に広場があるようだった
日の沈むころか空はすみれ色をしている

広場には肌色のテーブルが幾つも並べられ
大皿にさまざまな料理が盛られ大勢のひとが食事をとっている

知ったひとに似た顔も見える
ざわめきもなくみな微笑んで静かだ
子どももいたがにこにこしてやはり静かに食べている
わたしがそばを通ってもだれも気にとめない
お祭りでもなさそうだ
料理の匂いはほとんどしない
話し声も皿の音もしない
空を見上げると一番星が出ていた

ひとびとは星を見あげ　むかしのことを思い出すように
かすかな笑みを浮かべる
どうして諍いもせず昂ぶらないで
穏やかに飲んだり食べたり集うことができるのだろうか
いつのまにかわたしのそばにちいさな黒い犬がいた

黒い犬は吠えるわけでもなく影のようについてくる

わたしはアパートの入り口に向かった
コンクリートの階段に五、六人の子どもたちがいて
ビスケットやピーナッツを食べている
こんにちはというふうに子どもたちも微笑んだ
わたしが探している家を尋ねると
背の高い黒い髪の少女が立ち案内をしてくれるという
　この町のひとはみな微笑んでいるのよ
　先のことは考えないからよ
少女もまた微笑みをたやさない
わたしも真似て口角を上げるようにした

アパートとアパートの道を抜けていく
団地の中か外か案内図にもないところに
ちいさな家が並んでいた
窓辺から明かりのもと
金をあしらった黒いミシンで縫い物をしているひとが見えた

ずっと縫い続けているひと
きっとわたしが訪ねるひとなのだ

戸口の前で黒い犬は尾をふり少女は頷いている
わたしは鉄のドアを叩いた
手に金属の感触もなく音もしない
　遠くまで来たのですね
　さあどうぞ
声が聴こえるような気がしてまた戸を叩くがだれも出ない
黒い犬と少女は彫像になり夕闇に溶けはじめた
窓辺をもう一度覗いた

ミシンの周りにひとが集まり談笑している
わたしのほうを見たひとがいた
にこやかな表情のひとは洞穴のような眼をしている
洞穴の奥に不機嫌に走るわたしがいた

夜を叩く人

夜更けにドアを叩く人がいます
　ばむ　ばむ　ばむ
チャイムが壊れているからです
ドアのガラス越しに宅配便の人の姿が見えました
　夜遅くなって申し訳ありません
ちいさな包みの上にサインをしていたら
配達の人のうしろに
黒い服を着た男がふたり立っているのが見えました
配達の人は黒い服の男を入らせないように
ひじを張りからだでドアのすきまをふさいでくれます

それなのに
先の尖った黒い靴が生きもののように入ろうとするのです

夜の冷たい風が吹きます
わたしはからだがふるえてきました
黒い服の男に何かいわれたら
いいなりになるような気がしたのです

配達の人に
　ありがとう　といいながら
押入られないようにドアを閉めようとしますが
黒い服の男たちは足くびから入ってきます
ひとりは年配のがっちりした男
もうひとりは細く若い男

話を聴いてあげたらいいんじゃないの
わたしのうしろにいつのまにか
女の人が立っています
老いた母のような気がしました
わたしは身動きできなくなって
ただくびを振っているだけでした

配達の人は何もなかったように
では　と車に戻っていきました
黒い服の男たちも行ったようでした
付いてまた別の家へ行くのでしょうか
それとも

影になって部屋にいるのでしょうか
わたしは怖くてたまらず叫びました
　わたしはここにいられるのでしょうか

母はあきれたふうにわたしを見
もう寝るようにと視線をおくり
ふいに頷くようなしぐさで影を残し
隅に隠れてしまいました

遠く夜を叩いている音が聴こえてきます
　とむ　とむ　とむ
生きているから恐ろしい
静かな風が吹いています

夜を歩く

夜を歩く
雲が巨大な葡萄になって広がり
異国の硬貨の月が上っていた
電信柱の後ろにだれかいるようだ
足場ボルトが震えている
空へ向かう柱の先が葡萄を突く

遠い村で犬が吠えている
いなくなったものたちが火を囲み始める
ゆび先を囓られる痛み

ちいさな秒針が空から降ってきた
かつての樹木は幹を烈しく揺らす

月白のひかりがこぼれ
電信柱の根もとには
悔恨というふうに白い雪輪が滲む

月蝕

追いかけられているような気がして
通りの道を逸れて細い路地に入る
通勤帰りのひとが多い夕刻なのに
だれも歩いていない
時計屋　呉服屋　文房具屋　種物屋　荒物屋　履物屋
肉屋　天麩羅屋　御菓子屋　電器店　燃料店　衣料品店
どれも褪めた灰緑のシャッターが閉まったままだ
　かっかっかっ
近づくヒールの音が聴こえる
小走りに左手へ

たしか古い銀行を
公会堂に改築した建物があるはず

墨で書かれた看板に
淡く公会堂の文字が残っている
今は公会堂としても使われていないのか
赤土色の煉瓦造りは昔のままだが
廃屋のようだ
横へ回り石の階段を数段上って
ドアを引く
　ぎぎゅん
軋る音をたてたが難なく開いた
こごった空気
黴のようなにおい
足うらからつめたさが上る
ドアを閉めると足音は消えた

眼を凝らす
舞台がある
舞台の上に白いTシャツ姿のひとが
何にんもいる
天井から照明機材を下げ
カラーフィルムを入れ替えたり
舞台を這わせる配線ケーブルを束ねたり
わたしがいることなどだれも気づかない
もの言わず建物や背景を作っている
海のセットを作っているようだ

舞台のひとたちは横に並び
浜で声をそろえ歌い始めた
静かにあたりを束ねる声
悲しみの響き

ひとびとは葬送のように
一列になって浜辺をつたい
上手から下手へすり足で進んだ
途中おどけるひともいた
下手の裏のドアから
みな非常階段を降り外に出たようだった
足音をたてずあとをつけた
ドアの外は街はずれなのか
岩が幾つもある広い荒れた野だった

ひと影は見えない
岩陰に身をひそめた
足音がしないか耳を澄ませる
いつのまにか追いかけている
追いかけることが昂ぶらせる
進むことができる

空に金の縁取りをした黒い月
街は空に近づき
鈍色の小川の魚は凍った空へ上っている

草道

草道を歩き
墓参りをする
炎天の熱を保った墓石は
生きているものよりも熱い
水をかけて冷ましている
と
ちいさな
わたしの拇ほどの雨蛙
だれなのかしら
水の匂い

真昼の空はひろがり
ひろがりの中に
見えなくなったひとが
大勢いるような気がして
　おーい
声にだしてみる

置き去りにされた笛が
澄んだ音色で鳴りはじめ
空がふかくなる

悲喜をなじませた
白い月が
割れそうだ

恒雄

戦死した弟のことを父は悔やんでいる
　何もしてやれなかった
　わしが死ねば
　恒雄のことを
　憶えているひともいなくなる
わたしは戦死した叔父の名が
恒雄という名であることしか知らない
わたしの生まれる前に亡くなった
二十四歳二カ月三日で
ニューギニアで死んだ
戦死の公報には

「腹部貫通銃創ニ因リ戰死セラル」

叔父は結婚していなかったので
子どももはいない
遺骨はない
三軒長屋の借家に生まれ
借家は空襲で焼けたので
一枚の写真があるきりだ
背広姿の眼鏡を掛けた出征前の顔写真
エンジニアで
飛行機を作る会社に
勤めていたときに召集された
エンジニアは花形で最先端だったけれど
召集されてしまえば
任地で死ぬこともある
半世紀を遙かに過ぎた今

叔父のことは最早だれも知らない
大勢の戦死者の中の一人
死者という名で括られる一人
忘れられる死者の一人

がっくりとくびを垂れた向日葵が
夥しい黒眼で見つめている
折れた一本の釘が道ばたにある
悲しみは育てていかなければ
世界は悲しくならない
ふらふら歩きながらわたしは
さんざめく夏の光の中に
ちいさな眼の形の翳が
幾つも漂っているのを見る

七十年ほども前に

戦死したひとのことを
悔やむひとがいるのに
今戦死するひとは
瓦礫を血に染め砂地に滲み込ませ
青空を見つめたまま撃たれ
やがて夕焼けを額縁にし
そのひとのことを
憶えているひとがいなくなる
そのひとの幼かった家族は
いつか謎のように
金色の髑髏の雲が輝くのを
見るのだろうか

電柱から鴉の声がする
惨劇を目撃したような濁音で哭く
わたしは叔父の名前を呼んでみる

海辺のリコーダー

丘の上の石段に座る
低い家並みの向こうに海が見える
鳩の鳴くようなやわらかな音が聴こえた
海辺にリコーダーを吹く子どもがいる
ほそく白い指のまるいかおの子
調べにのって島島が低くなる

こんもりした樹木の島
長い棒きれの島
ちいさな岩の島

多島海をちいさな漁船が通るたび
海原に乳白の曲線が引かれる
さざ波に島影が淡くなる

どこから来たのか
白濁の波が一すじ
まっしぐらに走りだした
烈しく暴れ狂い岩島にぶつかったかと思うと
秘めた種子が爆ぜるように一本の茎になり空へ上った

茎の上に大きな子どものかおが浮かんでいる
リコーダーを吹いていた子だ
ふしぎそうな眼差しでわたしを見ている
　とおいところへいきたいんだね
ささやくような声が聴こえてくる
子どもは眼のあたりに陰影をふくみ

ふっくらした淡い色の口元は結んでいる
かおを傾けしずかになった波音を聴いている

石段が傾いでいく
影を呑み凪いでいく海
子どもは月のとなりで微笑んでいる
じきに月の陰に重なるのだろう

青らんだものたちが平らかに広がり
薄氷色の空に古い叫びが流れていく

海の雪

枯れ枯れとした木の枝に
声がかかっている
あゝゝ
えゝゝ
声を伸ばして
弦になった月
暗い空

声はわたしの枕元に立つ
　ゆかなければなりません

背に負いながら
うらの戸を開け通りに出る

雪が降り積もっていた
連れの女のひとが二人いて
歩くようにうながす
　雪が足袋に染みてくると
凍みるから素足の方がいい
わたしたちは平たい足を
小鳥のように動かす

角を曲がれば
丸窓に明かりが灯り
先には浜が広がる
暗い海に雪が吸い込まれていた
　女の一生は

子を産んでも子を持たずとも
死んでしまえば
　海の雪
わたしたちは歌をうたう
微熱の家家の樋にからみ
銀紙にくるまれた魂が
紅のひかりを見せる

門付けをし
お米やお金を押し戴き
山野辺を行き
手は細い草になってしなだれ
草叢になって風のまもうたう
りりりりり

わたしのくちびるに

針のつめたさ
今朝
ガラスびんの中の
ひろった貝殻を
テーブルに広げたら
コツン
骨の音がして
はなればなれの二枚貝が合った

耳を澄ませば

透明になってふりつづく
とおい笛のようなちいさな声

生まれたてのつめたさは
わたしの足を火照らせる
ほのあかるい暗がりが広がる

　みんな浅い地表にねむっているのよ

しずかな夜　名まえが水銀色に

とろり　溶けだして濡らしている

死んではいないわ　ねむっているだけ
やわらかいからだになって
ダンスをしているのよ
水晶のくび飾りがゆれているでしょ

川のあたりで燃えている眼がある
つぶらな瑠璃
しんしん立って集っている

寒くてきもちがいいわ
バックステップがじょうずでしょ

わたしは星ふる草むらに立つ
ふるえる傷んだ葉が美しい

かじられた耳のかたち

聴こえていますか
滲みていますか

天空を裂く鳥のような声
アキホー

墜ちることは高まること
かなしみは贈りもの
雫が球根形にふくらむ

白粉花

病室で女房がくるのを待っている。足音でわかる。陽の匂いのする洗い立ての下着を持って、ひたりひたり静かに歩いてくる。

おれは二十一のときに女房と所帯を持った。女房は十七。お互い戦争で親を亡くし親類のところで育ったもの同士だ。おれは中学を卒業して鉄工所に勤めた。鉄は生きものだ。扱いによってみな違うようになる。人生までも変える。ひとも同じようなものだ。親父さんに教えてもらった。おれには今でもよくわからない。ただ鉄も女房もおれを写す鏡のようなものだと思っている。

女房は商家の下働きをしていた。寒い朝も化粧気のない顔で格子戸を赤い手で水拭きしていた。道すがら、ごくろうさんだねと言ったのが始まりだった。川べりのちいさなアパートが新居だった。夏になると川ばたに白粉花が咲いた。白粉花は夕方ひらき夜まで咲く。よい匂いがする。おれは自転車で白粉花の匂いがしてくると家へ帰りついたと思った。

女房は白粉花を摘んでガラスコップに入れた。
あまりきれいじゃないいな。
川べりで咲いているのが似合うんじゃないか。
おれが言うと、女房はほらと爪先を見せた。紅く染まっていた。
白粉花で染まったのよ。
紅い爪先をひらひらさせて夕日にかざした。
子どもみたいだな。
言おうとして呑みこみ、ほほ笑み合った。

六十年経った。ちいさな工場を経営している。今でも大変だが、これまでどうやって生き抜いてこられたのか、ふしぎでたまらない。女房はおれが腰痛だと言ったので腰の病気だと思っている。だが実のところあと何回女房の顔が見られるのか、おれにもわからない。

おれはいっぱしの男だと思っていたが、今から考えるとほんの小僧だった。女房はねんねだった。幼い子どものする花遊びで喜んでいたのだ。白粉花のひらく夕暮れ、子どもじみたおれと女房がほの明るさの中、見つめ合っている姿だけがくっきりと浮かんでくる。

夜火《やか》

かなしみが夜に祀られている
かおはなく
くびの形をし
くねり
やわらかく溶けだし漆黒になっていく
夜の鏡台がかおを映す
後ろに火のようなものが見える
かおは子どものかおになっている

口を結び泣いてはいない
かおが長く伸びている
後ろに
閉じ込められているものも長長としている

失くした手袋の片方が電柱に提げられていた
手に嵌めると
尖った電柱の先は空を曇天にした
わたしがまちがっていたのだと思う

四角の低層アパートの窓はみな鏡だ
病んだひとが突然叫び声をあげ
交差の風が
ひらひらとリボンの切れ端を飛ばせた

砂浜の二枚貝が舌を出し

ひとがたの跡を舐めていく

鳶が急降下し
肉切れを嘴に挟んで
中空に上った

火を点けられた海が燃えていく
火影になつかしいひとびとが立っている

商店街の大時計がぐにゃりと平たく垂れ
大勢のひとが歌をうたっていた
オルガンを弾きながら歌うひとは
髪を風になぶらせている
わたしは声を合わせて歌うことが怖くて
口を開けてまねをした

わたしは思い出さなければならない
思い出さなければならないことだけがわかる
夜をめぐりながら
悲鳴にも似た高い歌声が渡っていく

夜を走る子

夜を泣き喚きながら走る子らがいる
赤い口の中にはぶよぶよとした膿
爪先でコンクリートを蹴りながら走っている

わたしは台所の食器棚の前にいる
食器棚と壁のわずかな隙間からも聴こえる

覗くと絶壁になっていた
走っていた子なのか子どものかおが見える
死にかけている

怖いかおをしていたが
笑うようなほほをしている
どうして笑うのだろう
訝ると
　おまえのかおが笑っているからだ

引き出しから声がした
わたしは板の間に仰向けに寝た
背中の骨の突起がぐりぐりする
海緑の薬のにおいがする
死びとが近くにいるのだ

わたしが殺したのかもしれない
近所の畑に埋めたのだろうか
昼間畑に行ったとき

ドアほどの面積の土が腐ったようにぬかるんでいた

子らが畑の周りをぐるぐるぐる歩いている
ラジオ体操のように手足をふっている
けおけお泣くような声を出している

さみだれ

ドアをあけることはできません
前の道にお面をつけた子どもたちがいて
　けとけとけと
泣くのです
声がなまなましくてわたしは耳をふさぎます
子どもたちはわたしを見てもしらんかおです
でもしっているのです
わたしが恐れていることを
だからわざとさわぐのです

さつきの雨の日でした
雲におおわれ肌さむい日でした
きょうは子どもたちは外にいませんでした
わたしは外で雨にぬれてみました
額から鼻そして顎
ひんやりした水化粧のように
　ぴとぴと
くちびるをほの甘くぬらします
ゆびがやわらかくなりました

水をあつめて
りんかくを溶かそうとしているのでしょう
子どもたちがいないのは
お面が溶けてしまったからかもしれません
ちいさな石が雨にまざっています
わたしのほほを傷めます

風景もこまかく砕くのです
ぬるまる家家も青灰色になります

　あたんあたん
雨がふっています
どこからか子どもたちの声
骨がきしみ伸びているのでしょう
消えてしまったものたちが
みどりになって生まれてきます
柩をぬらすような明るさで
雨がふります

手をつないで

ゆるやかに丘を登るものたち
みぞはぎ　つりがねりんどう
すすき　とらのおじそ
ほととぎす　るこうそう
ちいさな影たちが
あとにつづいてゆれている

人買いが来た日
村には女の子ばかり集められた
羊を追うような声

　ほらほうらほら
背中から聴こえてくる

もう帰れないことは知っている
斜面の木立ちの中の
土まんじゅうを見てうらやましくなった
　はやり病で死んでいたら
家のそばにずっといられるのに

風にゆれる草
のかんぞうになって畑の片隅にいたい

透きとおった風が
金属のつめたさでわたしのほほを刺す
滲む液のようなものがとろりとこぼれ
花のそばの

のどのかたちをした石ころを濡らす
影の中に墜ちていくものたち
手をつないでつゆくさが枯れている

電車と百合

線路脇に点点と生える
黒ずむ強靱な茎
鳥の脚ほどの細さ
戦場に立つ痩せた歩兵の姿
斜面に不規則に直立する

うなだれているものもあった
互い違いの手裏剣の葉をふるわせ
合掌するものもある
丈高いものは病む枕辺の
白衣のひとのように立つ

斜面の下の古い電信柱の陰にも一つ
さびしい古木になったものに寄り添う

みな何処からきたのかわからない
立ちつづけ黒ずみ朽ちる
地下の鱗茎は憤りのように膨らむ
夕暮れ
壊れそうなガラスの細管の
くびをそっとのばし
花の中へ光のたまをのみこむ

一度きりしか乗らない電車から
百合の群れに遇うのは
どうすることもできないことを思うときだ

古い屋敷の裏庭

ちいさな神社の境内の隅
車の行き交う道べり
ひとの棲む近くに
のっと立ちやがて枯れる
ひそやかに群れをなし生き延びてきたものは
長いかおをして笑うものたちのように
いつのまにか風景にとけこむ
古い夢の中にぼんやりする

風の断章からすべり墜ちる薫り
無数のひとたちが立っている
わたしもそのひとりだ
電車は警笛を鳴らした
わたしたちはいっせいに横を向く
地に平行に緑白色の花弁を六裂させる
剝落した空が青黴色をして美しい

朝顔

同じ朝に咲くものたちは
夜の暗闇とつめたさを共にする
漏斗の中の白が深い

おかあさん
おかあさん
たくさんのおかあさん
今でもかなしいですか
ちいさな隕石のような
種子が幾つもできました
硬くて黒くていびつです

土には還らないのですね

ひろがる花びらのふちが
こきざみに震える
破れやすい薄さ
生まれることはかなしいこと
水をほしがったまま
水を捧げるようにひらき
夕方までには
赤んぼうの手を丸めたかたちになる

雨で滲んだアスファルトに
雲はひろがり
路地の格子窓の朝顔は
長い髪を編む少女になる

白菜畑

訪ねる町はなかなか見つからず
風が吹きぬけ白菜畑が広がっていた
一つ一つくるまれた赤ん坊のような形
結球する内部を隠すように
葉先をちぢれさせ頭部まで覆う

畑の隅の銀杏のそばにお堂があった
中に何にんものひとがいる気配
信心してお祈りをしているのか
話し声もせず静かだ

日暮れて室内も暗くてよく見えない
　みな今夜はここで寝《やす》むのですよ
小声が聴こえた

わたしは隅で正座していたが
痺れて横座りに膝をくずした
爪先が粉吹くように寒い
真ん中にちいさな石油ストーブがあるきりだ
ストーブの周りもひとが囲んでいる
だれでも近くに寄られるようにか
あいだをゆるく空けている

薄もののTシャツや浴衣のひともいるが
寒そうではなくからだを伸ばしている
思い思いに横になっているひともいる
ウールのセーターのわたしは寒く震えているが

だれもわたしを見ない

居場所を決めて身動きしないひと
微動もしないで丸まった形になるひと
新聞紙に身をくるみ正座するひと
広がり隙なくいるから移動はしない

夜更け静寂の音だけが耳に響き
何だか恐ろしいような気がしてきた
座ったまま扉のほうへ腰をずらした

扉の近くに子どもがいた
口を結び無表情だ
洩れる月明かりに
わたしが微笑みかけると
淡い月影色をして

つんと立ちどこかへいった

お堂の中につめたい呼気がする
しーはしーは耳に迫る
ひと気のない町の
風音かもしれなかった
だれか放尿している
みんなしずかに太ってゆく

鬼田平子《おにたびらこ》

モルタル壁の剝がれた家家の前を水が流れ
ほとりをふちどる鬼田平子の中黄の花

露地に洗濯物がうらを見せて返っている
半紙色の薄い丸首シャツ　パンツ

何度も水をくぐるとひとのにおいになって
羽根状に裂けた葉の上に平らにひろがる
背伸びして負けたよ

踏みつけにされて光を受けるよ
ふくらみねじれた花茎が直立する
淀み皴ばんだ水の底でだれかが呼んでいる

えにす

えにすは平屋の屋根ほどの高さだ
頂きから幾本も長くしだれる細い枝は
幹を山高帽の形で包みながら
下へ下へと伸び地表へ這っていく

夏には白緑の蝶形の花が懐かしげに舞う
細長い卵形の葉は繁り陰が弾みながら広がる
幹の傍に立つと魂たちの気配がする
夏が終わると花は地に散敷き
乾いて巻貝の形になり風に運ばれていく

秋のある日
えにすを見上げていたら
しらない小柄な老人が来た
白髪は額で切り揃えられ
おだやかな丸い眼をしている
　この中で少し寝てもいいかな
わたしはくびを振った
　ここで寝ては風邪をひきます
　それに　身が隠れてしまうからあぶないのです
老人はにっこりわらった
　じゃあ　座っているだけにするよ
手提げから敷物を出し中に座った
胡粉色のシャツにズボン
　ここにしばらくいます
繁る枝葉の陰からささやくような声

夕暮れどきになった
えにすは薄闇に包まれる
　ここにいます
中が仄かに明るい
いつのまにか一人だった筈が二人になっている
わたしを見ると手招きをした

わたしは枝垂れるものを除けて入ろうとするが
枝は剛直な鉄柵の固さになって入れない
近づいても遠景のようで中が見えない
吐息が霧になっている
声のようすからまた一人増えているようだ
しっているひとがいるような気がする
耳を澄ませる
歌をうたっているようにも聴こえる

声が絶え
音のないまま夕雲が紅朽葉になり
えにすの内に入っていく
わたしは突然
昔自死したひとの名を呼んでいた

＊えにす　槐《えんじゅ》の古名

夕下風

さみしいことばかりしたから
あおぎ見なくても大きな空が
まえに広がり
しろさばかりを見せている
死んでしまったものたちが
土をやわらかくするので
わたしはのめりながらあるく
みみのかたちをして風がうずまく

家家のあいだの

明かりのない道をいく
わたしを呼んでいるような
微かな水音
　ここは道ではありません
なにもかも変わってしまいました
さみしいことばかりしてきたから
中空のように
町はふくらんだのだ

月割草がこめつぶほどの花を散らす
　その草はこの土地に根づきません
夕下風が這い
ひかりは花びらに沈む

にしにし
痛みがからだにまわるひとのいる

病室の窓から
独善のようにのびるヒマラヤスギ
くらい空が
ひとすじの朱を引きはじめる

百日草

煙色のアパートのモルタル壁を背にする
陽が壁の下を差しこみ
風が路地を抜けようとすると

造り花になる
かわいた細い花弁は埃をうすく載せ固くなっていく
赤紅色の長い匙形の花弁が重なり半球を拵える
ちいさな紡錘形の葉は対生し細い茎は直立する

地下には茶碗の欠片や犬の糞や食べかすや髪の毛
埋められた骨の上にいたいと思う
ささげるために
茎を伸ばし金のひかりを吸い
まばゆさを束ねふくらむ
紅を濃くする

壊されるアパート群は
空を鈍角に切り
黒緑色のカラスをとまらせる

デジカメを向け撮る長い髪の少女は
瀕死のような象牙のかおをしていたけれど
位置を凝視し哀しく思ってくれた

　哀しみって耳がそよぐことよね

ひとりごとを言う少女は
かおも忘れたひとをしのんでいる
退《ひ》いていくものは
モルタルの壁に沿うから
鮮やかな色を増す

春のかぎり

花のふるえが伝わると
川は流れはじめる
にくしみが濃くなる

花枝がのびるたび空はとおくなるけれど
くびすじが狙われる
怖くないというふうに
にび色の川は鉄橋をくぐり
にじりながら街へほそくしなっていく

高い建物の階段は上りつづけ
ときどき壁へにじんで消えている
とりのこされたひとびとは
忘れたように手くびを見せ
うんざりとあたまをふり電車の中でねむる
不仕合わせなよろこびに満ち

街に楽の音がし川は剛くなる
死んだえびを食べる
肉食のものは待ちぶせをする
母子草の密な小頭花がひろがる
透明になって面かげをまぎれさせ
昼の月をわたらせる

底には
ぢりぢり燃える炎

吸われていった眼
川柱のあたりに
風の息
わたしはゆるされはしない

オルガン

オリーブ色の服を着たひとが
オルガンを弾いていました
夜の部屋です
青紫の大きな譜面台があります
近づいて見たら
四角な青空でした
花のように星が降っています
どこかで
生まれたひとがいるのです

初出一覧

天空の石	「岡山いのちの電話」59号、二〇一三年六月（一部改稿）
泣いたあと	「something」16号、二〇一二年十二月
すみれ色の町	「火片」179号、二〇一二年六月
夜を叩く人	「ガニメデ」52号、二〇一一年八月（改題一部改稿）
夜を歩く	「どぅるかまら」15号、二〇一四年一月
月蝕	「火片」181号、二〇一三年一月
草道	「火片」184号、二〇一三年十二月
恒雄	「火片」184号、二〇一三年十二月
海辺のリコーダー	「交野が原」75号、二〇一三年九月（改題一部改稿）
海の雪	「どぅるかまら」16号、二〇一四年六月
耳を澄ませば	「交野が原」72号、二〇一二年四月
白粉花	「どぅるかまら」17号、二〇一五年一月

夜火	「詩の練習」16号、二〇一五年一月
夜を走る子	「どぅるかまら」11号、二〇一二年一月
さみだれ	「交野が原」73号、二〇一二年九月
手をつないで	書き下ろし
電車と百合	「現代詩手帖」二〇一三年六月号
朝顔	書き下ろし
白菜畑	「どぅるかまら」14号、二〇一三年六月
鬼田平子	「どぅるかまら」16号、二〇一四年六月
えにす	「どぅるかまら」15号、二〇一四年一月
夕下風	「交野が原」78号、二〇一五年四月
百日草	「どぅるかまら」13号、二〇一三年一月
春のかぎり	「どぅるかまら」12号、二〇一二年六月
オルガン	書き下ろし

斎藤恵子

「火片」「どぅるかまら」所属

詩集『樹間』（二〇〇四年　思潮社）
『夕区』（二〇〇六年　思潮社）
『無月となのはな』（二〇〇八年　思潮社）
『海と夜祭』（二〇一一年　思潮社）

住所　〒七〇一―〇二一一　岡山市南区東畦六八〇―三〇

夜《よる》を叩《たた》く人《ひと》

著者
斎藤恵子《さいとうけいこ》
発行者
小田久郎
発行所
株式会社思潮社
〒一六二―〇八四二　東京都新宿区市谷砂土原町三―十五
電話〇三（三二六七）八一五三（営業）・八一四一（編集）
FAX〇三（三二六七）八一四二
印刷所
三報社印刷株式会社
製本所
小高製本工業株式会社
発行日
二〇一五年九月二十日